Lars lust geen boeken

Saskia Hula

Lars

lust geen boeken

met illustraties van Ute Krause

Clavis

In dezelfde reeks verscheen

Lars lust geen sommen

Saskia Hula
Lars lust geen boeken
© 2007 Patmos Verlag GmbH & Co. KG, Sauerländer Verlag, Düsseldorf
© 2010 voor het Nederlandse taalgebied:
Clavis Uitgeverij, Hasselt – Amsterdam – New York
Illustraties: Ute Krause
Omslagontwerp: Clavis Uitgeverij
Vertaling uit het Duits: Roger Vanbrabant
Oorspronkelijke titel: Der Lesemuffel
Oorspronkelijke uitgever: Patmos Verlag GmbH & Co. KG, Sauerländer Verlag, Düsseldorf
Trefw.: boeken, lezen
NUR 282
ISBN 978 90 448 1283 1
D/2010/4124/068

www.clavisbooks.com

Inhoud

1. Lars kan bijna alles

Lars kan goed doelpunten maken. Hij kan zwemmen en duiken en tot helemaal boven in een touw klimmen. Hij kan spijkers inkloppen en schoenveters binden en op zijn hoofd staan. Hij kan een nijlkrokodil van een alligator onderscheiden en een kathaai van een hamerhaai. Bovendien is hij op een step de snelste van de hele school. Lars kan bijna alles.

Er is wel iets wat Lars niet goed kan en dat is lezen. Maar lezen is ook niet zo belangrijk. Want lezen kunnen de anderen toch.

Bovendien is lezen vervelend. Van lezen krijgt Lars altijd jeukende ogen en zware voeten. Zodra hij een boek openslaat, begint hij te geeuwen. Hij wordt gewoon moe van lezen. Heel erg moe.

Wat belangrijk is in het leven, kan Lars echt goed.

Als hij van een boot in het water valt, kan hij naar de oever zwemmen. Als hij dan door een krokodil aangevallen wordt, weet hij meteen wat voor een krokodil het is. Hij kan dan ook in een touw klimmen en zich in een boom in veiligheid brengen. Daar kan hij met een paar grote spijkers een boomhut bouwen. En als daarbij zijn veters loskomen, kan hij ze helemaal in zijn eentje weer binden.

Dat zijn de belangrijke dingen in het leven, vindt Lars.

2. Lars moet meer lezen

Jammer genoeg denken andere mensen daar anders over.

De onderwijzeres van Lars, bijvoorbeeld. Ze heet juffrouw Boeket en ze leest elke week een boek. Zomaar. Vrijwillig. Ze vindt lezen echt leuk.

Iedereen moet maar doen wat hij leuk vindt, vindt Lars.

Hij rijdt bijvoorbeeld graag met zijn step.

Mama kookt graag.

En papa wast zijn auto graag.

Zo vinden ze allemaal iets anders leuk. En zo hoort het.

Maar jammer genoeg denkt juffrouw Boeket er anders over.

Ze wil niet alleen zelf rustig kunnen lezen.

Ze wil dat de anderen ook lezen.

Dan pas is ze tevreden.

En dat is echt een probleem.

Elke keer als mama naar de school komt, zegt juffrouw Boeket: 'Lars moet meer lezen! Heeft hij dan helemaal geen boeken? Ga toch eens met hem naar de bibliotheek! Daar vind je heel mooie boeken! Geef hem toch een boek voor zijn verjaardag! Of als kerstcadeautje! Lezen is erg belangrijk! En lezen is ook heel leuk!'

Mama vindt het gewoon niet meer om aan te horen.

En Lars ook niet.

Want juffrouw Boeket kan niet voetballen. En tijdens de zwemles blijft ze aan de kant staan. Ze kan vast ook niet in een touw klimmen. Ze kan geen tijgerhaai van een witte haai onderscheiden. En je gelooft het niet, maar ze draagt nooit schoenen met veters!

Maar heeft Lars haar al één keer gezegd dat ze dat allemaal moet leren?

Toch kijkt mama altijd erg sip als ze terugkomt van de school. Ze zucht diep en wil eens ernstig praten met Lars. Ze gaat voor zijn boekenrek staan en schudt haar hoofd. Ze vraagt zich af wat ze verkeerd gedaan heeft.

Lars hééft immers heel wat boeken. Veel te veel! Hij zou eigenlijk veel liever een aquarium hebben. Maar daarvoor is er geen plaats in zijn kamer. Doordat hij zoveel boeken heeft!

Mama begint aan het ernstige gesprek. 'Je moet absoluut meer lezen, Lars! Ik begrijp echt niet waarom je dat niet wilt! Elke dag een halfuur! Ik kom dan wel bij je zitten. Jij leest een bladzijde en ik lees een bladzijde … Lars? Lars!'

Lars schrikt op. Hij is alweer verschrikkelijk moe!

3. Lars moet niezen

Het ernstige gesprek met mama haalt niets uit. Je kunt niet samen lezen met iemand die bij de eerste regel al in slaap valt. Mama moet dus iets anders bedenken. En omdat er haar niets te binnen valt, looft ze een prijs uit.

Ze hangt een groot blad papier op in het trappenhuis van het flatgebouw.

PRIJS TE WINNEN!

schrijft ze daar in grote letters op.

Wie Lars Menner een boek kan doen lezen, mag tussen de middag een keer komen eten bij de Menners!
Soep, hoofdgerecht, dessert.
Extraatjes mogelijk.
Iedereen mag deelnemen!

De eerste die het bericht leest, is Lars.

Tenslotte gaat het toch over hem. En zoiets lezen vindt hij ook niet meteen vermoeiend.

'Ben je gek geworden?' roept hij als hij alles gelezen heeft. 'Je kunt toch geen wildvreemde mensen uitnodigen voor het middageten!'

'Ach, wat betekent wildvreemd,' zegt mama. 'Ik ken toch iedereen die het zal lezen. En het zijn toch allemaal keurige mensen.'

Toch vindt Lars het een stom idee. Wie weet wat hem nu te wachten staat!

Het duurt niet lang voor er aan de deur gebeld wordt. Buiten staat meneer Nahodil van de tweede verdieping. Hij heeft een dik boek in zijn hand. Een heel dik boek.

'Kijk eens wat ik voor je meegebracht heb!' zegt hij en hij houdt het boek voor de neus van Lars.

Lars moet niezen, want het boek is erg stoffig.

'Het is mijn oude sprookjesboek,' zegt meneer

Nahodil en hij strijkt vertederd over het boek. 'Ik heb het gelezen toen ik zo oud was als jij!'

Lars moet nog een keer niezen. Hij houdt niet van sprookjes. En zeker niet van stoffige.

Maar wat kan hij doen?

'Je zult het leuk vinden,' zegt meneer Nahodil en hij legt het boek op de ladekast in de hal. 'Doe je moeder de groeten!'

4. Lars wordt duizelig

Om drie uur begint de voetbaltraining van Lars. Voor die training moet je stipt op tijd komen. Dat is niet zo gemakkelijk. Meestal moet Lars net voor drie uur nog een heleboel doen. Maar vandaag zal hij stipt op tijd zijn. Het is kwart voor drie. Zijn sporttas staat al klaar.

'Tot straks, mama!' roept hij. Hij pakt zijn tas en trekt de deur open.

Voor de deur staat mevrouw Fila. Net als altijd heeft ze een reusachtige hoed op en draagt ze schoenen met hoge hakken.

'Goed dat je er bent!' roept ze en ze geeft hem een boek. 'Ik heb hier precies het boek dat je nodig hebt!'

Het is een heel groot boek. Lars slikt.

'Het gaat over zeerovers!' zegt mevrouw Fila. 'Dat zul je leuk vinden!'

Lars kijkt naar de klok. Het is twaalf minuten voor

drie. Nu moet hij zich al haasten.

'Kijk maar eens naar de leuke plaatjes!' zegt mevrouw Fila en ze slaat het boek open.

De plaatjes zijn klein. Maar de letters in het boek zijn nog veel kleiner. En het zijn er veel. Heel veel. Minstens duizend lettertjes op een bladzijde.

Lars wordt duizelig.

'Hou je misschien niet van zeerovers?' vraagt mevrouw Fila zuur.

'Ja, hoor!' zegt Lars, want nu moet hij zich al heel erg haasten.

Hij pakt het zeeroversboek aan en legt het op het sprookjesboek van meneer Nahodil.

'Vriendelijk bedankt!' zegt hij beleefd. 'Ik moet nu jammer genoeg weg!'

'Doe je moeder de groeten,' zegt mevrouw Fila. Ze draait zich om en klikklakt op haar hoge hakken weg.

19

Lars loopt de trap af. De tram komt er net aan.

Lars springt erin en bij de volgende halte er weer uit.

Om drie uur staat hij op het voetbalveld. Omgekleed en met netjes gebonden veters. Het is erg handig als je goed veters kunt binden!

5. Lars heeft geen trek meer

Als Lars thuiskomt, zit Sofie voor de deur. Sofie is net zo oud als Lars en ze woont op de benedenverdieping.

'Hoi Lars!' zegt Sofie. 'Ik heb iets voor je.'

Ze wijst naar drie boeken die naast haar op de grond liggen: een dik, een gewoon en een dun.

'Allemaal boeken over paarden,' zegt ze. 'Andere heb ik niet. Maar paarden zijn toch het einde, niet?'

Lars aarzelt. Hij is niet echt gek op paarden. Ze hebben enorme tanden en trappen naar je als je achter ze door loopt. Hij houdt meer van vissen.

'Ik zou graag leren paardrijden,' zegt Sofie en ze laat haar ogen rollen. 'Maar daarvoor hebben we natuurlijk geen geld.'

'Hm,' doet Lars.

'En er is nog iets,' zegt Sofie. 'Nu mijn mama weer uit werken gaat, is er bij ons haast niks meer in huis om te eten! En geld hebben we nog altijd niet, zeker niet om te gaan paardrijden. Ik zou het dus echt tof vinden als ik eens bij jullie kon komen eten. Ik wil je ook mijn boeken lenen, ik heb er heel veel. Dan kan ik wel drie maanden bij jullie komen eten!'

'Tja,' zegt Lars.

'Maar nu moet ik weg,' zegt Sofie. 'Tot gauw!'

Lars kijkt haar na. Ineens voelt hij zich heel erg moe. En dat is niet omdat hij gevoetbald heeft.

Langzaam pakt hij de drie paardenboeken op. Hij doet de deur open en gooit zijn sporttas in een hoek. De drie paardenboeken legt hij op het zeeroversboek van mevrouw Fila en het sprookjesboek van meneer Nahodil.

Dan loopt hij naar de keuken. Hij moet nu heel gauw iets eten. Liefst een paar worstjes met mosterd en ketchup en een hele stapel boterhammen.

In de keuken zit mama een kopje koffie te drinken. Naast haar zit mevrouw Hartman van de tweede verdieping. De tweeling van mevrouw Hartman zit voor de legodoos van Lars. Ze zitten er geestdriftig in te rommelen.

Maar Lars kan er niet lang naar kijken.

'Kijk eens wat mevrouw Hartman voor je meegebracht heeft!' zegt mama.

Ze laat hem minstens tien boeken zien.

'Is dat niet vriendelijk?' vraagt ze. Ze geeft Lars een knipoogje. Dat betekent: zeg alsjeblieft dat je het vriendelijk van haar vindt!

Lars vindt het niet vriendelijk. Hij kijkt mama ijskoud

aan. Zonder iets te zeggen pakt hij de boeken aan
en hij brengt ze naar de hal. De boekenstapel is al
behoorlijk hoog.

'Wil je niks eten?' roept mama vanuit de keuken.

Maar Lars heeft geen trek meer. Hij wil alleen maar
slapen.

6. Lars krijgt kippenvel

De volgende ochtend voelt Lars zich weer goed. Het ontbijt smaakt hem.

Tot papa naar een grote doos wijst.

'Die heeft de student van de derde verdieping me in mijn handen geduwd,' zegt papa. 'Voor jou. Ik heb geen idee wat erin zit.'

Lars heeft wel een idee. Hij hoeft niet eens in de doos te kijken. Hij brengt ze naar de hal en zet ze naast de boekenstapel. De doos is zo zwaar als twintig dikke boeken.

Lars is meteen weer slechtgehumeurd.

Als Lars de trap af loopt, steekt meneer Nahodil zijn hoofd naar buiten.

'En?' roept hij. 'Vond je de sprookjes leuk?'

'Tja,' zegt Lars.

'Koning Langbaard!' roept meneer Nahodil
geestdriftig. 'Dat is mijn lievelingssprookje! Al is het wel
wat wreed, niet?'

'Ik moet nu naar school,' zegt Lars.

'Goed, hoor!' roept meneer Nahodil. 'We zien elkaar
vanmiddag wel bij het eten!'

Op straat komt Lars mevrouw Fila tegen. Ze is net broodjes gaan kopen bij de bakker.

'Ah, Lars!' roept ze opgewekt. 'Jij ziet er vandaag niet echt goed uit! Je hebt vast de hele nacht gelezen!'

Ze lacht luid.

Lars krijgt kippenvel.

In de pauze komt Sofie naar het klaslokaal van Lars.

'Hé, Lars!' roept ze. 'Heb je al een van mijn boeken gelezen?'

Juffrouw Boeket spitst haar oren. 'Erg vriendelijk van je dat je Lars boeken leent,' zegt ze. 'Is hij eindelijk gaan lezen?'

'Tuurlijk!' zegt Sofie. 'Hij kan er niet genoeg van krijgen!'

Juffrouw Boeket glimlacht blij.

'Dat is fijn,' zegt ze. 'Soms haalt het toch iets uit als je ouders eens ernstig met je praten.'

7. Lars probeert iets

Om twaalf uur is de school uit.

Lars haast zich niet om zich klaar te maken. Hij bindt zijn veters twee keer. Hij kijkt of hij zijn rekenblad in zijn schooltas gestopt heeft.

Als hij thuiskomt, staat Sofie er weer. Ze kauwt op haar vlecht.

'Je hebt mijn vraag niet beantwoord,' zegt ze. 'Heb je nu al een boek gelezen of niet?'

Lars schudt zijn hoofd.

'Hou je niet van paarden?' vraagt Sofie.

'Niet echt,' zegt Lars. 'Maar ik hou nog minder van boeken!'

Sofie kijkt hem teleurgesteld aan.

'Jammer,' zegt ze ten slotte. 'Weet je dat heel zeker?'

Lars knikt.

'Tja,' zegt Sofie. 'Niks aan te doen. Het zou wel fijn geweest zijn eens bij jullie te komen eten. In je eentje eten is helemaal niet leuk.'

'Beter in je eentje dan met alle buren erbij,' zegt Lars met een grafstem. 'Vandaag eten meneer Nahodil, mevrouw Fila, mevrouw Hartman met haar tweeling en de student van de derde verdieping zeker met ons mee! Dat kun je ook niet echt een vrolijke boel noemen.'

'Echt?' roept Sofie ongelovig uit. 'Heb je toch al zo veel boeken gelezen?'

'Ik heb er geen enkel gelezen,' zegt Lars. 'Maar dat interesseert hen toch helemaal niet.'

'Dan zal je moeder hun dat vast wel vertellen,' veronderstelt Sofie.

Maar Lars schudt zijn hoofd.

'Daarvoor is ze veel te beleefd,' zegt hij en hij zucht. 'En ze zal vandaag zeker paprikakip klaarmaken. Dat doet ze altijd als er veel gasten komen. En ik haat paprikakip!'

Sofie denkt na en krijgt een idee.

'Als je wilt, kun je bij mij komen eten,' zegt ze.

Nu denkt Lars na.

'Ik dacht dat er bij jullie niks te eten was?' vraagt hij wantrouwig.

Sofie zucht diep.

'Is er ook niet,' zegt ze. 'Maar we kunnen toch iets koken. Of kun je niet koken?'

Lars aarzelt. Echt koken kan hij niet. Mama kookt immers altijd. Maar misschien hoef je wel niet echt te kunnen koken. Misschien moet je het gewoon maar eens proberen. Zoals van de driemeterplank duiken …

31

'Goed idee,' zegt hij dus maar.

Sofie straalt.

'Super!' zegt ze en ze haakt bij Lars in.

Zo lopen ze terug.

Gelukkig zitten alle andere kinderen nu braaf te eten, denkt Lars. Dus kunnen ze niet zien dat we hier gearmd lopen.

8. Lars heeft een idee

Het huis van Sofie is nogal klein en rommelig.

'Wat wil je eten?' vraagt Sofie. 'Ik kan lettertjessoep koken, eieren bakken en griesmeelpap koken. Maar er is geen griesmeel. En jij?'

'Griesmeelpap,' zegt Lars voorzichtig.

Sofie houdt nadenkend haar hoofd schuin.

'Dan blijven alleen de lettertjessoep en het roerei over,' zegt ze bezorgd. 'Dat eet ik haast elke dag.'

'Ik vind roerei super,' zegt Lars. 'Mijn mama zegt altijd dat je niet te veel eieren mag eten. Daarom eten we thuis haast nooit roerei.'

'Goed dan,' zegt Sofie en haar gezicht klaart een beetje op. 'Als je echt roerei wilt … Wil jij het bakken of zal ik het doen?'

'Doe jij maar,' zegt Lars. 'Ik zal ondertussen de tafel dekken.'

Maar dat is niet zo gemakkelijk. De tafel staat immers helemaal vol. Er is zelfs geen klein hoekje vrij. Er staan koffiekopjes op, ontbijtborden en bloemenvazen. En daartussen liggen tekenblokken, brieven en boeken. Vooral boeken. Lars wordt er echt duizelig van.

'Hebben jullie geen boekenrek?' roept hij naar de keuken.

'Ja, hoor!' roept Sofie terug. 'Maar dat staat vol! Leg de boeken maar op de vloer!'

Lars begint de tafel leeg te maken. Hij legt de boeken netjes op de vloer. Paardenboek op paardenboek, kookboek op kookboek, reisgids op reisgids, misdaadroman op misdaadroman. Tevreden kijkt hij naar de boekenstapels.

Sofie komt al uit de keuken met het roerei.

'Brood is er jammer genoeg ook niet,' zegt ze. 'Ik hoop dat we niet misselijk worden!'

Gelukkig worden ze niet misselijk. Integendeel.

'Weet je wat?' zegt Lars met de laatste hap in zijn

mond. 'Ik zou je mijn boekenrek kunnen geven. Dat is toch halfleeg. Maar dan moet je mijn boeken er wel bij nemen.'

Sofie schudt haar hoofd.

'Dat vindt je moeder nooit goed,' zegt ze.

'Vast niet,' zegt Lars. 'Maar ik doe het toch.'

'Goed dan,' zegt Sofie. 'Wat je wilt.'

'In elk geval is het beter als ze het voorlopig niet merkt,' zegt Lars.

Sofie knikt langzaam.

'Stiekem, dus,' besluit ze.

'Juist,' zegt Lars. 'Stiekem.'

9. Lars heeft een vermoeden

Lars doet de deur zachtjes open. Hij sluipt door de hal.
De deur van de woonkamer staat op een kier.

Lars kijkt door de opening. Aan tafel zitten meneer
Nahodil, mevrouw Fila en mevrouw Hartman. De
tweeling kijkt tv.

'Wanneer komt Lars?' roept meneer Nahodil.

Mama steekt haar hoofd door de keukendeur. Ze
ziet er wat afgemat uit.

'Hij zal zo wel komen,' zegt ze. 'Hij slentert soms
nogal. Maar wij gaan toch eten! Ik kom eraan met de
paprikakip!'

Lars sluipt terug naar de voordeur en wenkt Sofie
naar binnen. Heel stilletjes sluipen ze door de hal.

De deur van de kamer van Lars piept een beetje.
Maar niemand hoort het.

'Eerst de boeken!' sist Lars.

'Waar wil je die leggen?' fluistert Sofie terug.

Lars kijkt besluiteloos om zich heen.

'Onder het bed lijkt me het beste,' beslist hij uiteindelijk. 'Daar liggen ze niet in de weg.'

Als alle boeken onder het bed liggen, is het boekenrek aan de beurt.

Gelukkig is dat niet erg groot.

Sofie duwt, Lars trekt.

In de woonkamer wordt ondertussen de paprikakip opgegeten.

'Voortreffelijk, mevrouw Menner!' zegt meneer Nahodil.

'U moet me dat recept eens geven,' zegt mevrouw Fila.

Lars trekt een grimas.

Sofie tuit haar lippen, laat haar ogen rollen en heupwiegt. Ze doet dat bijna net zo goed als mevrouw Fila met haar hooggehakte schoenen.

Lars moet erom lachen.

Sofie heupwiegt nog feller. Ze houdt gewoon niet meer op met heupwiegen.

Door al dat heupwiegen valt het boekenrek bijna om.

Als Lars en Sofie eindelijk met het boekenrek in het trappenhuis staan, zijn ze allebei bezweet.

En nu wordt het pas echt zwaar.

Want hoe kunnen ze het boekenrek de trap af brengen?

Ineens horen ze voetstappen. De student van de derde verdieping komt om de hoek.

'Kan ik helpen?' vraagt hij.

Sofie knikt.

'Naar boven of naar beneden?' vraagt de student en hij tilt het boekenrek op.

'Naar beneden, alstublieft,' zegt Lars en hij loopt vooruit.

De student zet het boekenrek voor de deur van Sofie neer.

'Heb je het aquarium al op zijn plaats gezet?' vraagt hij.

Lars schudt zijn hoofd. Welk aquarium?

'Het is niet erg groot,' zegt de student. 'Maar groot genoeg om mee te beginnen. En voor de vissen kom je best eens bij me langs. Ik heb namelijk net kleine maanvisjes! Tot dan!' Hij loopt naar buiten.

'Sinds wanneer heb jij een aquarium?' vraagt Sofie.

Lars begrijpt er niets van.

'Ik begrijp er niks van,' zegt hij.

Maar ineens heeft hij wel een vermoeden. Hij laat

Sofie en het boekenrek staan en rent naar boven. Op de ladekast in de hal ligt de stapel boeken. Ernaast staat de grote, zware doos.

Lars trekt het plakband los. In de doos zitten geen boeken. Er zit een aquarium in de doos!

10. Lars maakt plaats

Op dat ogenblik komt mama de hal in.

'Daar ben je dus!' roept ze. 'Waar bleef je zo lang? Het eten is koud! En we zijn al koffie aan het drinken!'

'Ik heb net een aquarium gekregen,' zegt Lars. 'Stel je dat eens voor!'

'Dat is leuk,' zegt mama. 'Zo zie je maar hoe belangrijk het is goede vrienden te zijn met je buren. Als ik die student niet verteld had dat je van vissen houdt, had hij dat aquarium naar de rommelmarkt gebracht. En wat ga je nu eten? Van de paprikakip blijft niks meer over …'

'Ik ga nu eerst het aquarium op zijn plaats zetten,' zegt Lars.

Mama schudt beteuterd haar hoofd.

'Waar wil je het dan zetten?' vraagt ze. 'In je kamer is helemaal geen plaats meer!'

'Ach, dat lukt wel,' zegt Lars en hij zeult de zware doos met het aquarium naar zijn kamer.

Nu het grote boekenrek weg is, ziet zijn kamer er echt leeg uit. Maar waar kan hij het aquarium zetten? Een aquarium kun je toch niet zomaar op de vloer neerzetten?

Mama komt zijn kamer binnen met een grote boterham met worst.

'Je moet toch iets …' zegt ze. 'Waar is in vredesnaam je boekenrek naartoe?'

'Ik heb het weggegeven,' zegt Lars.

Hij zegt het nogal stilletjes.

'Wát heb je ermee gedaan?' roept mama. 'Heb je je verstand verloren? En aan wie heb je het gegeven? En wanneer? Daarstraks stond het er nog!'

Gelukkig wordt er op dat ogenblik aan de deur gebeld.

Mama holt naar de hal en doet de deur open. Buiten staat Sofie.

'Dag mevrouw Menner,' zegt Sofie.

Ze kijkt een beetje onbehaaglijk naar binnen. Ze hoopte vast dat Lars zou opendoen.

'Aha!' roept mama. 'Nu begrijp ik het! Nu wordt het me allemaal duidelijk! Maar dat gaat niet door, als jullie dat maar weten!'

Sofie knikt begrijpend.

'Dat heb ik ook gezegd,' zegt ze. 'Ik heb dat meteen gezegd!'

Geweldig! denkt Lars. Hij heeft helemaal geen zin om het boekenrek terug naar boven te slepen. Het is trouwens veel te zwaar.

Ineens gaat de keukendeur open en alle gasten komen de hal in.

'Dat was echt een heel fijne uitnodiging,' zegt mevrouw Hartman en ze duwt de tweeling voor zich uit.

'Ah, daar heb je onze Lars!' zegt mevrouw Fila.

'Zeg me nu eens of je je boek …' zegt meneer Nahodil.

Hij maakt zijn zin niet af als hij het aquarium ziet.

'O, wat mooi!' roept hij. 'Een aquarium! Ik wist helemaal niet dat je een aquarium hebt!'

'Ik heb het ook nog maar net gekregen,' zegt Lars. 'En ik weet nog niet waar ik het kan zetten.'

'Daarom heeft hij zijn boekenrek weggegeven!' roept mama verontwaardigd. 'Kunt u zich dat voorstellen?'

Mevrouw Fila en mevrouw Hartman schudden bezorgd hun hoofd.

'Jammer,' zegt meneer Nahodil. 'Een boekenrek is anders heel geschikt om er een aquarium op te zetten. Het mag alleen niet te hoog zijn.'

'Maar het is te hoog,' zegt Lars bedrukt. 'Veel te hoog. Bovendien heeft Sofie een boekenrek nodig en ik niet.'

'Natuurlijk heb je er een nodig!' roept mama. 'Wat zou juffrouw Boeket daar wel van zeggen?'

'Zou ik er eens even naar mogen kijken?' zegt meneer Nahodil en hij krabt nadenkend aan zijn kin.

'Ja, natuurlijk!' zegt mama geprikkeld. 'Waar is het gebleven?'

Dus brengt Lars meneer Nahodil naar beneden, naar

de kamer van Sofie, en alle anderen volgen hen. Alleen de tweeling rent schreeuwend de trap op en af.

Meneer Nahodil bekijkt het boekenrek aan alle kanten.

'Echt hout,' mompelt hij en hij knikt geestdriftig. 'Dat is dus al geen probleem.'

Dan draait hij zich naar mama toe en fluistert iets in haar oor. Lars kan helemaal niets verstaan.

Mama schudt besluiteloos haar hoofd heen en weer.

'Ach, ik weet niet …' zegt ze. En meteen nog een keer: 'Ach, ik weet niet …'

'Wel, ja, als u denkt …' zegt ze ten slotte.

Meneer Nahodil kijkt haar stralend aan.

'Vertrouw me maar,' zegt hij en hij gaat ervandoor.

'O, is het al zo laat!' roept mevrouw Fila en ze neemt afscheid.

Mevrouw Hartman geeft mama een hand en loopt achter haar tweeling aan.

'En jullie gaan nu je huiswerk maken,' zegt mama tegen Lars en Sofie. 'Je kunt maar beter meteen meekomen, Sofie. Dan kan ik tenminste zien wat jullie uitspoken!'

11. Lars krijgt een pakje

Een uur later wordt er weer aan de deur gebeld.
Voor de deur staat meneer Nahodil met het halve
boekenrek.

'Dat is toch niet te geloven!' roept mama. 'U bent een echte kunstenaar!'

Meneer Nahodil krabt opgewekt op zijn kale hoofd. 'Het was kinderspel,' zegt hij bescheiden. 'De andere helft staat beneden.'

Nu is het boekenrek precies hoog genoeg om er een aquarium op te zetten.

Lars kruipt tevreden onder zijn bed om de boeken eronderuit te halen.

Er is nog plaats genoeg voor.

'En ik mag de andere helft echt houden?' vraagt Sofie.

Mama zucht. 'Je ziet toch dat we die niet kunnen gebruiken,' zegt ze. 'Misschien wil je ook wel een paar van de boeken die beneden op de ladekast liggen?'

'Tuurlijk!' zegt Sofie. 'Graag!'

Een week later is het aquarium klaar. Op de bodem ligt wit zand. Lars heeft fraaie stenen en een wortel in het water gelegd en hij heeft een paar waterplanten gekocht. De maanvisjes zwemmen tevreden heen en weer.

Nu moet het aquarium plechtig geopend worden.

Daarvoor heeft Lars de student van de derde
verdieping, meneer Nahodil en natuurlijk ook Sofie
uitgenodigd.

Mama heeft voor broodjes gezorgd. Je moet je
gasten altijd iets aanbieden, zegt ze.

De student van de derde verdieping heet Mich. Hij
eet geen worst, maar de broodjes kaas vindt hij heel
lekker.

Meneer Nahodil bewondert het aquarium. Tevreden
wrijft hij voortdurend over het hout van het halve
boekenrek.

Sofie komt als laatste binnen. Ze heeft een pakje bij zich.

Lars kijkt wantrouwig naar het pakje. Het is plat en vierkant. Sofie wil hem toch geen boek geven?

'Maak het maar open!' roept Sofie. 'Je zult het leuk vinden!'

Dus maakt Lars het pakje open. Het is een boek. Een boek over zoetwatervissen.

'Alleen maar maanvissen is toch vervelend,' zegt Sofie en ze pakt een broodje.

'Laat eens zien!' zegt Mich en hij buigt zich over het zoetwatervissenboek.

Een uur later zijn alle broodjes verdwenen. Mama, meneer Nahodil en Sofie zitten in de keuken domino te spelen. Mich en Lars zitten nog altijd over het vissenboek gebogen.

'Ik denk ineens aan de prijs die ik uitgeloofd heb!' zegt mama tegen Sofie. 'Ik meen te mogen zeggen dat jij gewonnen hebt! Ik nodig je dus vriendelijk uit voor het middageten!'

'Super!' lacht Sofie. 'Wanneer?'

'Tja,' zegt mama. 'Laten we zeggen vanaf morgen … en we zien wel hoelang!'